23 Mars 1903 V

VENTE

des 23 et 24 Mars 1903

HOTEL DROUOT, SALLE N° 11

A 2 HEURES 1/4

Collection de M. L***

DE ROUEN

MEUBLES ANCIENS

BRONZES

MINIATURES, OBJETS DE VITRINE, ARGENTERIE, ÉMAUX

PORCELAINES & FAIENCES ANCIENNES

Armes — Sculptures — Ivoires — Bois sculptés

TABLEAUX, PASTELS, GOUACHES

Tapisserie, Broderies

Me LAIR-DUBREUIL
COMMISSAIRE-PRISEUR
6, Rue de Hanovre, 6

M. Arthur BLOCHE
EXPERT PRÈS LA COUR D'APPEL
28, Rue de Châteaudun, 28

PARIS, IMPRIMERIE MÉNARD ET CHAUFOUR

C. CHAUFOUR, Successeur

8-10, Rue Milton

CATALOGUE

DES

MEUBLES ANCIENS

COFFRES EN BOIS SCULPTÉ RENAISSANCE ET XVIIᵉ SIÈCLE, COMMODES
SECRÉTAIRES, BUREAUX, CHIFFONNIERS, TABLES, VITRINES, PENDULE, HARPE
GLACES, MEUBLE DE SALON ET SIÈGES DIVERS
DES ÉPOQUES LOUIS XIV, LOUIS XV ET LOUIS XVI

BRONZES

CARTELS, PENDULES, CHENETS, APPLIQUES, GIRANDOLES
GROUPES ET STATUETTES DES XVIIᵉ ET XVIIIᵉ SIÈCLES ET Iᵉʳ EMPIRE
Miniatures, Objets de vitrine, Argenterie, Émaux

PORCELAINES & FAIENCES ANCIENNES
Françaises, Hollandaises et Italiennes

SERVICES A THÉ, JARDINIÈRES, VASES, GROUPES, STATUETTES
NOMBREUX PLATS ET ASSIETTES

Armes, Sculptures, Ivoires, Bois sculptés
TABLEAUX ANCIENS — PASTELS — GOUACHES
Tapisserie – Broderies

Composant la collection de M. L. (DE ROUEN)

ET DONT LA VENTE AUX ENCHÈRES PUBLIQUES AURA LIEU

HOTEL DROUOT, SALLE Nᵒ 11

Les Lundi 23 et Mardi 24 Mars 1903, à 2 h. 1/4

Mᵉ F. LAIR DUBREUIL	M. ARTHUR BLOCHE
COMMISSAIRE-PRISEUR	Expert près la Cour d'Appel
6, rue de Hanovre, 6	28, rue de Châteaudun, 28

Chez lesquels se trouve le présent catalogue

EXPOSITION PUBLIQUE : LE DIMANCHE 22 MARS 1903
DE 2 HEURES A 5 HEURES 1/2

CONDITIONS DE LA VENTE

———

La vente sera faite expressément au comptant.

Les acquéreurs paieront 10 o/o en sus des adjudications.

L'exposition mettant le public à même de se rendre compte de l'état des objets, il ne sera admis aucune réclamation une fois l'adjudication prononcée.

Paris. — Impr. G. Chaufour, 8-10, rue Milton.

DÉSIGNATION

~~~~~~~~~~

MEUBLES ANCIENS

1 — Beau coffre en bois sculpté, décor à rosaces, pilastres feuillagés et ornements, panneau de devant ouvrant à un vantail représentant les rois Mages offrant des dons à l'Enfant Jésus. Epoque de la Renaissance.

2 — Jolie commode ouvrant à trois tiroirs en bois de rose et marqueterie de bois de luxe à frises fleuries, dessin à encadrements, poignées et entrées de serrure en cuivre repoussé et décoré de médaillons représentant Louis XVII et Mademoiselle. Epoque Louis XVI. Dessus en marbre gris.

3 — Secrétaire en marqueterie de bois offrant des médaillons ornés de perroquet et autres volatiles, dessus de marbre. Epoque Louis XVI.

4 — Commode en bois de rose et palissandre ouvrant à trois tiroirs garnis de bronzes ciselés et dorés, dessus de marbre griotte. Époque Louis XV.

5 — Bureau à dos d'âne en bois de palissandre et bois de rose, garni de bronzes ciselés et dorés. Époque Louis XVI.

6 — Chiffonnier ouvrant à sept tiroirs en bois de rose, garni de bronzes. Époque Louis XVI, dessus en marbre.

7 — Vitrine d'entre-deux à deux corps en bois sculpté à perles, rais de cœur, godrons et feuillages Louis XVI.

8 — Commode en bois de rose et palissandre garnie de bronzes ciselés, dessus en marbre gris. Époque Louis XV.

9 — Ameublement de salon en bois sculpté peint blanc, couvert en toile imprimée à médaillons, composé d'un canapé, deux fauteuils et quatre chaises avec dossiers à colonnettes. Époque Louis XVI.

10 — Six fauteuils en bois sculpté décor à feuillages et fleurs, dossiers et sièges foncés de canne. Époque Régence.

11 — Fauteuil en bois finement sculpté décor à contours feuillagés et fleuris, foncé de canne. Époque Louis XV.

12 — Fauteuil en bois sculpté décoré à coquilles et feuillages, pieds reliés par un croisillon. Époque Louis XIV, couvert en reps à fleurs.

13 — Pendule avec son socle d'applique en marqueterie de BOULLE garnie de bronzes, surmontée d'une figurine du Temps. Époque Louis XIV.

14 — Grande table en bois sculpté à volutes feuillagées, pieds reliés par un croisillon surmonté d'un vase XVIIIᵉ siècle, avec son tapis de table en soierie ancienne brochée à fleurs.

15 — Coffre de mariage en bois sculpté offrant sur le devant de chaque côté des figures de saint et de sainte entre des colonnes cannelées, le milieu représentant le sacrifice d'Abraham, bandeau du bas à figures de femmes couchées et tête de chérubin, XVIIᵉ siècle.

16 — Coffre en bois sculpté et ornée de marqueterie de bois, panneaux de devant offrant des mascarons au milieu d'ornements feuillagés, XVIIᵉ siècle.

17 — Belle harpe en bois sculpté, orné de bronzes finement ciselés et dorés à figures de nymphes et couronnes de laurier, montant surmonté d'un chapiteau feuillagé à figures de satyres. Epoque du Directoire. Signée : NADERMAN à Paris.

18 — Grand canapé en bois sculpté, fronton à nœud de ruban couvert en soierie ancienne brochée à fleurs. Epoque Louis XVI.

19 — Grand fauteuil en bois sculpté, époque Louis XIV couvert en reps à fleurs.

20 — Table de nuit en marqueterie de bois et bois de rose. Epoque Louis XVI, dessus de marbre.

21 — Chaise en bois sculpté à contours et fleurettes couverte en soierie brochée. Epoque Louis XV.

22 — Chaise en bois sculpté à contours feuillagés et fleurs, couverte en soierie verte brochée. Epoque Louis XIV.

23 — Siège flamand en bois sculpté, dossier à mascarons. XVIIe siècle.

24 — Petite banquette gothique formant coffre, en bois sculpté à ogives et aux armes de la ville de Toul.

25 — Petite table-chiffonnier en bois de rose et palissandre. Epoque Louis XVI.

26 — Coffre en bois sculpté à ornements fleurdelisés. XVIIe siècle.

27 — Lit de repos en bois sculpté peint blanc rehaussé d'or, décor à vases brûle-parfums et rosaces. Avec son couvre-pied en étoffe brodée à bouquets de fleurs. 1er Empire.

28 — Petite commode ouvrant à deux tiroirs en bois de rose et filets de bois teinté vert, garni de bronzes, dessus en marbre gris. Epoque Louis XVI.

29 — Vitrine en acajou garnie de cuivres. Epoque Iᵉʳ Empire.

30 — Bureau de dame ouvrant à cylindre en acajou incrusté de filets noirs. Epoque Directoire.

31 — Petite table chiffonnier en noyer et marqueterie, dessus en marbre noir griotte. Epoque Louis XVI.

32 — Glace avec cadre en bois sculpté et doré à fronton orné d'un vase fleuri. Epoque Louis XIV.

33 — Table desserte en bois sculpté ouvrant à deux tiroirs avec poignées en bronze. Epoque Louis XV.

34 — Modèle de petit chiffonnier en bois de rose et palissandre garni de bronze, dessus en marbre. Epoque Louis XVI.

35 — Chaise en bois sculpté peint blanc, foncée de canne. Epoque Louis XV.

36 — Ecran en bois sculpté et ajouré, feuille en soierie ornée d'application à figure d'ange. Epoque Louis XIV.

37 — Fauteuil en bois sculpté à contours et feuillages, pieds reliés par un croisillon. Epoque Louis XIV, couvert en reps fond bleu à vases et amours.

38 — Petite table en marqueterie de bois rose, de palissandre et de violette, orné de guirlandes de fleurs, ouvrant à trois tiroirs, dessus marbre blanc. Epoque Louis XVI.

39 — Chaise-longue en deux parties, en bois sculpté peint blanc, couverte en soierie rayée. Epoque Louis XVI.

40 — Petite console forme demi-lune en bois sculpté, dessus en marbre rouge. Epoque Louis XVI.

41 — Petite table à ouvrage en bois de rose, entrées de serrures en bronze, dessus en marbre. Epoque Louis XVI.

42 — Table à ouvrage, en bois de rose. Epoque Louis XV.

43 — Support en bois sculpté et doré, forme triangulaire. Epoque Louis XIV.

44 — Baromètre en bois sculpté peint vert et rehaussé d'or, xviiie siècle.

45 — Deux chaises en bois sculpté à contours feuillagés, couvertes en velours gris. Epoque Louis XIV.

46 — Glace avec cadre en bois sculpté et doré à feuillages, coquilles et fleurs. Epoque Louis XV.

47 — Support en bois sculpté formé par une figurine d'enfant assis sur une gaine enguirlandée de fruits. XVIIIᵉ siècle.

48 — Vitrine plate en bois sculpté et doré. Louis XVI.

49 — Petite commode à bijoux à deux tiroirs, en bois sculpté. Louis XV.

50 — Boîte à jeu en laque à médaillons d'amours et petit coffret persan.

BRONZES

51 — Beau cartel en bronze ciselé et doré, décor au coq au milieu de feuillages fleuris, surmonté d'une figurine d'amour accoudé sur une sphère. Epoque Louis XV.

52 — Cartel en bronze ciselé, modèle à vase et guirlande de laurier. Epoque Louis XVI.

3 — Lustre à trois lampes en bronze vert et bronze doré. Epoque du Directoire.

54 — Paire de chenêts Louis XIV à figures de spninx couchés, en bronze.

55 — Pendule en bronze et bronze doré à figure de jeune femme offrant un sacrifice à l'amour, posée sur une table décorée d'une draperie supportant le cadran. Epoque Ier Empire.

56 — Petit carrousel en bronze ciselé et doré. Epoque Ier Empire.

57 — Presse-papier en marbre supportant une une statuette de paysan assis sur un cheval en bronze.

58 — Petite pendule en bronze doré formée par un cheval supportant le cadran surmonté d'un vase enguirlandé. XVIIIe siècle.

59 — Statuette de saint Augustin en bronze doré sur fût de colonne en bois.

60 — Groupe en bronze doré à figure de jeune femme assise sous un berceau, socle en marbre.

61 — Paire d'appliques Louis XV en bronze doré, à deux lumières.

62 — Groupe de trois enfants musiciens en bronze.

63 — Statuette-applique de la Vierge rayonnante en bronze doré, cadre en bois guilloché.

64 — Petite statuette de Cybèle en bronze antique.

65 — Canard en ancien émail cloisonné de Chine sur socle en bronze.

66 — Paire d'appliques à une lumière en bronze montants cannelés. xviiie siècle.

67 — Deux porte-allumettes en émail cloisonné de Chine.

68 — Paire de flambeaux Louis XV argentés.

69 — Paire de flambeaux en bronze doré à figures de femmes engaînées. Commencement du xixe siècle.

70 — Paire de flambeaux en bronze argenté formés par des colonnettes à chapiteaux.

71 — Porte cure-dents formé par une chimère en métal argenté. Epoque Ier Empire.

72 — Paire de girandoles à trois lumières en métal argenté. Epoque Louis XVI.

73 — Paire d'appliques Louis XVI à trois lumières en bronze.

74 — Statuette de Diogène en bronze.

75 — Statuette de Diane en bronze sur socle en marbre jaune de Sienne.

76 — Statuette de Vierge assise en bronze doré et gravé.

77 — Christ byzantin en bronze frotté d'or sur croix en chêne.

78 — Petite statuette d'évêque en bronze doré.

79 — Petit flambeau Louis XVI en cuivre argenté en forme de gaine décorée de têtes de béliers.

ÉMAUX — ARGENTERIE
OBJETS DE VITRINE, MINIATURES

80 — Croix processionnelle gothique offrant d'un côté la Vierge et l'Enfant, et de l'autre le Christ en croix, douille orné d'émaux de Limoges représentant les Apôtres, pied en bois sculpté Louis XIV.

81 — Deux plaques en émail de Limoges : Saint François Xavier et Ignace de Loyola.

82 — Plaque ovale en émail : Sainte Madeleine en prière, bordure dentelée.

83 — Deux petites salières tripodes en cuivre émaillé Louis XV, décor à réserves de paysages.

84 — Médaillon en émail peint à figures de femme et de petit chien dans un encadrement sculpté et doré Louis XV.

85 — Trois médaillons en émail: bustes de Césars.

86 — Email sur cuivre : *Filius Dei*. Cadre doré xviie siècle.

87 — Petite horloge forme vase en cuivre émaillé et peint. Travail viennois.

88 — Médaillon en émail de Limoges: *Sainte Madeleine*.

89 — Petit plat en émail décoré au centre d'un buste de femme.

90 — Montre en or ciselé à corbeille de fleurs. Epoque Louis XVI.

91 — Petite montre en or ciselé ornée de rubis et de turquoises.

92 — Dix pièces de monnaies anciennes en or, provenant du trésor de l'Abbaye de Molesnes (Côte-d'Or).

93 — Vase sur piédouche en argent ciselé, offrant en relief, dans des médaillons, une figure de Vénus et des groupes d'amours.

94 — Sucrier ovale en argent, décor à figures d'amours tenant des écussons et guirlandes de fleurs. Epoque Louis XVI.

95 — Gobelet en argent gravé, décoré au fond d'une médaille incrustée. xviiie siècle.

96 — Statuette de Vierge et Enfant en argent ciselé. xviiie siècle.

97 — Gobelet hexagonal en argent repoussé.

98 — Boîte ovale, boîte ronde et très petit encrier en argent guilloché et gravé.

99 — Statuette de chien de berger en argent ciselé

100 — Montre en cuivre gravé. Epoque Louis XIV.

101 — Montre toquante en argent.

102 — Petite coupe lobée sur piédouche en argent. XVIIe siècle.

103 — Deux étuis à cachets en argent. Epoque Louis XVI.

104 — Coupe sur piédouche en argent gravé, anses à figures d'oiseaux. Travail allemand.

105 — Bonbonnière en écaille, ornements en or.

106 — Petit crochet de montre en or ciselé.

107 — Deux petites pelles à sel en argent, style Louis XV, et quatre petits boutons camées et émail.

108 — Deux petites burettes en argent. Epoque Louis XVI.

109 — Cinq petites cuillers en vermeil ciselé. Style Renaissance.

110 — Trois écus et un jeton en argent d'époque Louis XIV, Louis XV et Louis XVI.

111 — Deux pièces en or, xviie siècle.

112 — Petit christ sur croix, xviie siècle et plaque en or Louis XVI.

113 — Paire de petites salières Louis XVI en argent, modèle à consoles et guirlandes de fleurs.

114 — Deux netzukés en ivoire japonais.

115 — Cachet à figure de femme en bronze à patine verte.

116 — Petit triptyque en cuivre. Travail gréco-russe.

117 — Eventail monture en ivoire, feuille peinte.

118 — Feuillet de missel peint à la gouache, cadre à coquilles en bois sculpté.

119 — Deux petites gouaches rondes, attribuées à Salignac : *Fête villageoise et divertissement champêtre.*

120 — Petite gouache ovale: *Le Festin champêtre.* Cadre en argent.

121 — Bonbonnière ronde en écaille, ornée sur le couvercle d'un petit fixé à paysage.

122 — Miniature carrée, portrait présumé de Louis XVII.

123 — Miniature, portrait d'homme Louis XVI en habit gris, dans un encadrement formant broche à perlé.

124 — Miniature, portrait d'homme Louis XVI.

125 — Miniature, portrait de Saint-Just en habit rouge, la main appuyée sur un livre.

126 — Miniature ovale, portrait de femme Louis XVI en corsage vert avec roses dans les cheveux.

127 — Bonbonnière ronde en ivoire cerclée d'or, ornée sur le couvercle d'une miniature portrait d'homme, époque Louis XVI.

128 — Peinture sur étoffe, sujet galant, époque Louis XVI, fragment d'éventail, forme ronde.

129 — Petit médaillon en or et argent orné d'une miniature, portrait de femme Louis XVI.

130 — Boîte ronde en bois laqué vert d'eau, cerclée d'argent, décorée d'un sujet d'amours en camaïeu. Époque Louis XVI.

131 — Miniature ovale, portrait de femme décolletée. Cadre en argent garni de strass.

132 — Email peint, portrait d'homme Louis XV, en habit rouge. Cadre en filigrane d'argent.

133 — Miniature, portrait d'homme en habit noir et cravate blanche.

134 — Miniature carrée, portrait de vieillard en habit bleu : Signée BOUTON.

135 — Miniature ovale, portrait de femme, époque de la Révolution,signée : F. SAPPÉE,1793. Cadre en bronze doré.

136 — Miniature ovale, portrait de femme en deshabillé blanc. Epoque Louis XVI.Cadre en bronze ciselé.

137 — Petite miniature ronde, portrait de vieile femme coiffée d'un bonnet.

138 — Petite miniature ronde, portrait d'enfant à collerette blanche et vêtu de jaune.

139 — Boite ronde en écaille ornée sur le couvercle d'une miniature : portrait d'un officier.

140 — Miniature ronde : portrait d'homme en habit bleu et jabot blanc.

141 — Boîte ronde en ivoire avec miniature : portrait de femme Louis XVI.

142 — Miniature ovale : portrait de femme en robe jaune et coiffée d'un bonnet, signé : H. ROUST, 1820.

143 — Deux miniatures, portraits de femme, époque 1830, dont une signée H. ROUST, 1831.

144 — Petit médaillon en biscuit, buste de vieillard en relief. Cadre en bronze.

145 — Petite miniature ronde : bergère et enfant dans un paysage.

146 — Boîte ronde en écaille sculptée au chiffre de Charles X offrant sur le couvercle des bustes de la famille royale de France.

147 — Petite gouache ronde : *Faites le beau*, scène champêtre.

148-161 — Vingt-six pièces miniatures, boîtes, émaux et plaques.

ARMES, SCULPTURES

IVOIRES, BOIS SCULPTÉS

162 — Rapière avec poignée à coquille ajourée. XVIe siècle.

163 — Huit épées de cour avec poignées ajourées en fer forgé et ciselé, XVIIe siècle.

164 — Epée de page en fer forgé à torsade. XVIIe siècle.

165 — Couteau de chasse avec lame gravée au talon, poignée et garniture du fourreau en argent.

166 — Masse d'armes en fer forgé à saillies. XVIIe siècle.

167 — Deux fusils de rempart chinois avec canons incrustés d'or et d'argent.

168 — Deux fusils orientaux à longs canons.

169 — Pistolet garni de cuivre gravé et doré à petits personnages. Epoque Louis XV.

170 — Petit pistolet à deux canons, crosse garnie d'argent.

171 — Bas-relief en pierre sculptée : sujet allégorique à l'hiver.

172 — Statuette de Vénus pudique en albâtre. I⁰ʳ Empire.

173 — Bas-relief en albâtre sculpté offrant un groupe de trois personnages mythologiques dans un cadre en bois noir.

174 — Groupe de deux bœufs en granit sculpté.

175 — Groupe en terre cuite d'après CLODION : *Faunesse et petits faunes.*

176 — Groupe en terre cuite : *Bacchus, femme et amour.*

177 — Deux statuettes de femmes drapées en albâtre décoré.

178 — Statuette de Jeanne d'Arc en albâtre sur socle.

170 — Reliquaire gothique en terre cuite peinte.

180 — Buste de femme en costume du xvie siècle sur socle ornementé en albâtre.

181 — Christ en ivoire sculpté xviiie siècle.

182 — Deux petits bas-reliefs en ivoire sculpté
« Jeux d'enfants », cadres en bois noir.

183 — Volet en ivoire sculpté : *le Christ couronné
d'épines.*

184 — Brassard en ivoire gravé xviie siècle.

185 — Statuette de Cérès en ivoire sculpté.

186 — Petite maisonnette plaquée d'ivoire dé-
coupé.

187 — Deux vases en bois sculpté décorés en
relief de feuillages, de guirlandes et de dra-
peries.

188 — Paire de petites consoles d'appliques en
bois sculpté à feuillages et ornements.

189 — Deux petites consoles d'applique en bois
sculpté à mascarons.

190 — Statuette de Christ en bois sculpté.

191 — Groupe en bois sculpté et peint : *le Christ
et deux apôtres.*

192 — Christ en bois sculpté et peint xviiie siècle.

193 — Porte-montre en bois sculpté à figure de
Neptune.

194 — Panneau en chêne sculpté : *le Christ portant sa croix*.

195 — Statuette de sainte en bois sculpté et peint

196 — Statuette de Vierge et enfant en bois sculpté rehaussé de peinture.

197 — Statuette d'Evêque en bois sculpté.

198 — Flambeau d'autel en bois scupté et doré.

PORCELAINES ET FAIENCES

199 — Groupe en porcelaine de Saxe Marcolini : *l'Heureux couple*.

200 — Groupe en ancienne porcelaine de Vienne, sujet allégorique.

201 — Grande fontaine d'applique et son bassin en ancienne faïence de Rouen. décor polychrome à ornements et guirlandes de fleurs.

202 — Deux grands lions couchés en faïence de Lunéville.

203 — Tête à tête en porcelaine de Sèvres, décor à semis de roses, bordure à guirlandes de feuillage composé de : Un plateau, une théière, deux tasses et deux soucoupes.

204 — Plateau, théière, sucrier, pot à crème, tasse et soucoupe en porcelaine blanche de sèvres à filets dorés.

205 — Écuelle avec plateau et couvercle imitant la vannerie en faïence de St-Clément.

206 — Deux seaux jardinières forme Louis XV en porcelaine de Saxe, à décor d'oiseaux et d'insecte, ornements et coquilles dorés.

207 — Quatre vases en faïence de Strasbourg décor à fleurs.

208 — Trois vases balustres à couvercles en ancienne faïence de Delft à décor polychrome.

209 — Deux petits lions assis en faïence de Rouen.

210 — Deux statuettes de laitière et de vendangeur en faïence de Lorraine.

211 — Statuette de Chinois formant flambeau en faïence de Moustiers.

212 — Légumier avec couvercle en ancienne faïence de Moustiers, décor à ornements en bleu.

213 — Deux vases à couvercles en faïence d'Alcora, décor à fleurs et oiseaux.

214 — Assiette creuse en ancienne porcelaine de Sèvres décor de roses et filets bleus.

215 — Assiette en ancienne porcelaine de Paris décor à fleurs bordure en bleu.

216 — Fontaine d'applique en vieux Rouen décor polychrome.

217 — Deux statuettes, nègre et négresse en vieux Saxe.

218 — Écuelle avec couvercle en porcelaine d'Orléans, plateau en porcelaine de Locré décor à semis de fleurs et bouquets de roses, ornements dorés.

219 — Assiette creuse en vieux Chine famille rose.

220 — Deux statuettes de moissonneur et de moissonneuse en faïence de Lunéville.

221 — Deux statuettes : *l'Été et l'Hiver* en faïence de Niederwiller.

222 — Petite jardinière Louis XV en faïence de Marseille décor à fleurs.

223 — Petit vase à anses en porcelaine de Vincennes craquelée fond bleu turquoise à décor d'amours et d'attributs lyriques.

224 — Christ sur socle en faïence des Islettes sur croix en bois noir.

225 — Petit cartel en faïence de Niederwiller amour sur rocaille, décor polychrome.

226 — Deux tasses et soucoupes en porcelaine de Locré décor de fleurs.

227 — Tasse et soucoupe en porcelaine d'Allemagne décor à fleurs.

228 -- Tasse et soucoupe en porcelaine de Sèvres décor à semis de roses.

229 — Deux tasses en porcelaine d'Allemagne décorées d'oiseaux et d'insectes.

230 — Tasse et soucoupe de Saxe fond jaune à réserves de sujets maritimes.

231 — Deux salières rondes en porcelaine tendre de Saint-Cloud, décor bleu, dessin à rosaces.

232 — Grand plat en faïence, genre de Bernard Palissy à décor de reptiles et poissons.

233 — Grand vase sur piédouche en faïence de Rouen à décor bleu et orné de deux mascarons.

234 — Vase de forme ovoïde en ancienne faïence italienne décor à médaillons et attributs.

235 — Paire de vases sur piédouches en faïence de Rouen décor bleu, ornés de mascarons.

236 — Cache pot à deux anses en faïence de Rouen à décor bleu.

237 — Petit plateau en grès, décor à médaillons et personnages.

238 — Paire de jardinières à trois tubes en faïence de Strasbourg.

239 — Statuette d'écolière en faïence d'Hochst.

240 — Deux statuettes de Voltaire et Rousseau en porcelaine décorée formant encriers.

241 — Pot à anse en porcelaine de Vienne décor à fleurs.

242 — Petit groupe de deux enfants en faïence d'Aprey sur socle décoré d'un sujet pastoral.

243 — Plaque en faïence de Castelli, le galant compagnon.

244 — Petite statuette d'amour jouant de la cornemuse en faïence de Frakenthel.

245 — Sucrier et son couvercle en Wedgwood. commencement du XIXe siècle.

246 — Vase à couvercle ajouré en vieux Rouen décor à lambrequins en bleu.

247 — Plaque en faïence italienne offrant en relief: *La Vierge et l'Enfant*.

248 — Plaque en faïence italienne : *Moïse*.

249 — Plaque en faïence italienne : *Le repos de la Sainte Famille*.

250 — Petit plateau en faïence d'Aprey, décor à personnages.

251 — Plateau en porcelaine de Strasbourg, décor à fleurs.

252 — Deux tasses et une soucoupe en ancienne porcelaine de Sèvres décor au bleuet.

253 — Coupe en faïence ajourée genre Bernard Palissy, dessin à rosaces et fleurettes.

254-259 — Vingt et un plats en anciennes faïences diverses.

260-268 — Quarante huit assiettes en anciennes faïences décorées, de fabriques diverses.

269-279 — Environ cinquante pièces — vases — jardinières, — pichets — saladiers — coupes — pots — cornets en anciennes faïences et porcelaine de différentes fabriques, grès, etc. (sera divisé).

TABLEAUX

PASTELS, GOUACHES, GRAVURES

280 — BEGA (Attribué à Cornélius). *La Distribution des vivres.*

281 — BESSON. *Femme allaitant son enfant.*

282 — BOILLY (Attribué à). *Portrait de jeune garçon tenant des fleurs.*

283 — BOILLY (Attribué à). *Jeune femme et en-fant*, scène d'intérieur.

284 — BOUCHER (genre de F.) *Tête de jeune femme coiffée d'un chapeau de paille*, pastel.

285 — BOUCHER (École de F.). *Portrait de jeune femme tenant une rose*. Pastel, cadre sculpté.

286 — BOUCHER (Attribué à F.). *Deux têtes d'enfants*. Dessin rehaussé.

287 — BOUCOTTE. *Suzanne et les vieillards; Joseph et Putiphar*. Miniatures sur ivoire; deux pendants.

288 — BRAWER (genre de). *Scènes de cabaret*. Deux pendants.

289 — BREUGHEL (Attribué à Pierre). *La chaîne des aveugles.*

290 — BREYDEL (Attribué au chevalier). *Sol-dats dépouillant les morts après le combat.*

291 — CAILLAUX (Mlle). *Jeune femme au mas-que*. Pastel.

292 — CARRACHE (École de). *Adam et Ève.*

293 — CASANOVA (Attribué à). *Figures de femmes allégoriques.* Deux gouaches sur fond noir.

294 — CHAMPAIGNE(Ecole de).*Portrait d'homme vêtu d'un manteau noir.* Cadre sculpté ancien.

295 — COURTOIS dit le Bourguignon (Attribué à Jacques). *Combat de cavaliers.*

296 — DREUX (genre d'Alfred de). *Amazone et chiens dans un paysage.*

297 — DROUAIS (Attribué à). *Portrait du comte de Provence en habit gris avec le cordon du saint Esprit.*

298 — DUJARDIN (Attribué à Karel). *Le départ du chevrier.*

299 — DYCK (Genre de Van). *Vierge et Enfant.* Cadre sculpté.

300 — ÉCOLE ANGLAISE. *Portrait de jeune fille décolletée, coiffée d'un chapeau noir.* Pastel.

301 — ÉCOLE ANGLAISE. Paysage : *Laveuses au bord d'une rivière.*

302 — ÉCOLE ESPAGNOLE. *Le Christ au roseau.*

303 — ÉCOLE FLAMANDE. *Cavalier attaqué par des soldats.*

304 — ÉCOLE FLAMANDE. *La Fuite en Égypte.* Cadre sculpté.

305 — ÉCOLE FLAMANDE. *Sainte Madeleine et Jésus enfant portant sa croix.* Deux pendants. Cadres sculptés.

306 — ÉCOLE FLAMANDE. *L'Ascension; Le Christ au Jardin des Oliviers.* Deux pendants.

307 — ÉCOLE FLAMANDE. *Sainte aux stigmates portant le Christ.*

308 — ÉCOLE FLAMANDE. *Le Joueur de cornemuse.* Gouache.

309 — ÉCOLE FLAMANDE. *Portrait de la Vierge et tête d'ange.* Cadres sculptés et dorés.

310 — ÉCOLE FRANÇAISE DU XVIe SIÈCLE. *Portrait de Michel de Nostre-Dame (Nostradamus).*

311 — ÉCOLE FRANÇAISE du XVIIIe SIÈCLE. *Sainte Cécile.* Cadre Louis XIV sculpté.

312 — ÉCOLE FRANÇAISE. *Portrait d'un cardinal.* Cadre ovale sculpté à jour.

313 — ÉCOLE FRANÇAISE. *Les Chiens savants.*

314 — ÉCOLE FRANÇAISE. *Le Galant entre-prenant.*

315 — ÉCOLE FRANÇAISE. *Paris pleurant sur le tombeau d'Hélène.*

316 — ÉCOLE FRANÇAISE. *Portrait de jeune fille.* Cadre en bois sculpté et doré.

317 — ÉCOLE FRANÇAISE. *Portrait de femme Louis XVI.* Pastel.

318 — ÉCOLE FRANÇAISE MODERNE. *Impor-tant et très beau portrait d'homme.*

319 — ÉCOLE FRANÇAISE MODERNE. *Monu-ment funéraire, apothéose;* esquisse.

320 — ÉCOLE HOLLANDAISE. *En route pour le marché,* paysage.

321 — ÉCOLE ITALIENNE. *Tête d'enfant.*

322 — ÉCOLE PRIMITIVE. *L'Adoration des Ma-ges.* Cadre sculpté à jour.

323 — FRAGONARD (Genre de). *Jeune fille et chèvre.*

324 — GOLTZIUS (Attribué à) *Portraits d'un pape et de Saint-Gérome.* Deux pendants sur cuivre.

325 — GREUZE (Genre de). *Portrait de jeune fille coiffée d'un bonnet*, pastel.

326 — GRYFT (Genre de). *Chiens gardants des gibiers morts*, deux pendants.

327 — HEMSKERKE (Genre de). *Le Joueur de cornemuse et la partie de cartes*, deux pendants, cadres sculptés.

328 — HONDEKOETER (Genre de). *Paon, coqs poules et oiseaux dans un paysage*, cadre Louis XIV en bois sculpté.

329 — HUBERT-ROBERT (Attribué à). *Paysages avec monuments en ruines*, gouaches, deux pendants ; forme ovale.

330 — LARGILLIÈRE (Attribué à). *Portrait de femme en corsage violet brodé*.

331 — LARGILLIÈRE (Ecole de). *Portrait de femme, le cou orné d'un collier de perles*, cadre ovale en bois sculpté.

332 — LARGILLIÈRE (Ecole de). *Portrait d'homme recouvert d'un manteau bleu*, cadre ovale sculpté à fleurs.

333 — LOO (Ecole de Van). *Le triomphe de Bacchus*, gouache, cadre sculpté.

334 — MALLET. *Jeune femme écoutant un troubadour.*

335 — MIGNARD (Attribué à). *Portrait de Anne Geneviève de Bourbon duchesse de Longueville.*

336 — MIGNARD (Ecole de). *Portrait d'un gentilhomme en armure.* Cadre sculpté.

337 — MIGNARD (Attribué à). *Portrait présumé de Mlle de Lavallière en Sainte Madeleine.* Gouache ovale.

338 — MIGNON (Ecole d'Abraham). *Vase de fleurs.*

339 — MOLYN (Attribué à PIERRE). *Choc de cavalerie.* Cadre sculpté.

340 — MOREL. *Le Mendiant.* Cadre en bois sculpté Louis XIV.

341 — OSTADE (Genre de VAN). *Scène d'intérieur rustique.*

342 — PATEL. *Paysages et Monuments.* Deux gouaches, cadres sculptés.

343 — TIÉPOLO (Genre de). *Un Roi mage.*

344 — TÉNIERS (Attribué à). *Le Concert des chats.*

345 — TÉNIERS (Genre de). *Fumeurs.* Scènes d'intérieur, deux pendants cadres sculptés.

346 — TÉNIERS (Genre de David. *l'Apothicaire.*

347 — VÉLASQUEZ (École de). *Portrait de Philippe IV Infant d'Espagne.*

348 — Gravure en couleur. *Psyché et l'Amour.*

349 — Gravure en couleur d'après DEBUCOURT, *la Diligence en détresse.*

350 — Gravure en couleur : *la Mort d'Euridice.*

351 — Petite gravure en couleur : *l'Enfance de Paul et Virginie.*

TAPISSERIE, BRODERIES

352 — Panneau en ancienne tapisserie verdure représentant le *Loup et l'Agneau.*

353 — Pente en ancienne broderie de la Renaissance offrant dans des encadrements des figures de Saints et d'anges.

354 — Médaillon en broderie : *Prélat portant le Sacré-Cœur* XVIIe siècle. Cadre à ornements de cuivre.

355 — Objets omis.

RED.:

16

MIRE ISO N° 1
NF Z 43-007
AFNOR
Cedex 7 - 92080 PARIS-LA-DÉFENSE

375.09.70
graphicom

0 1 2 3 4 5 6 7 8 9 10

BIBLIOTHEQUE NATIONALE DE FRANCE

****

CHATEAU DE SABLE

1996

Imprimé en France
FROC031656120919
22129FR00008B/330/P